AF357983

VENTE LE MERCREDI 29 MAI 1867

COLLECTION

DE

M. A. BARNAL DE O'REILLY

ANCIEN CONSUL D'ESPAGNE EN SYRIE

TABLEAUX ANCIENS

EXPOSITION PUBLIQUE : LE MARDI 28 MAI 1867

Mᵉ CHARLES PILLET
COMMISSAIRE-PRISEUR.

M. DHIOS
EXPERT.

EXEMPLAIRE DE DHIOS

RENOU & MAULDE

Imprimeurs de la Compagnie des Commissaires-Priseurs,

RUE DE RIVOLI, 144

CATALOGUE

DES

TABLEAUX ANCIENS

DES DIVERSES ÉCOLES

PARMI LESQUELS ON REMARQUE :

Un Portrait de Moine, PAR **RIBERA**

Une Chasse au Sanglier, SIGNÉE **SNYDERS** (1647)

COMPOSANT LA COLLECTION DE

M. A. BARNAL DE O'REILLY

Ancien Consul d'Espagne en Syrie,

DONT LA VENTE AURA LIEU

HOTEL DROUOT

SALLE N° 5

Le Mercredi 29 Mai 1867

A DEUX HEURES PRÉCISES

Par le ministère de Mᵉ **Cʜ. PILLET**, Commissaire-Priseur,
rue de Choiseul, 11,

Assisté de **M. DHIOS,** Expert, rue Le Peletier, 33,

CHEZ LESQUELS SE DISTRIBUE LE CATALOGUE

EXPOSITION PUBLIQUE

Le Mardi 28 Mai 1867, de 1 heure à 5 heures.

PARIS — 1867

CONDITIONS DE LA VENTE

Elle sera faite au comptant.

Les Acquéreurs paieront en sus du prix d'adjudication, CINQ POUR CENT, applicables aux frais.

L'Exposition mettant les Acquéreurs à même de se rendre compte de l'état des Tableaux, il ne sera reçu aucune réclamation, une fois l'adjudication prononcée.

DÉSIGNATION

DES TABLEAUX

BIBIANI.

1 — Palais d'architecture, orné de figures.

BOUCHER (Genre de).

2 — La Musique. Allégorie.

CARELLI.

3 — Plage aux environs de Naples.

CARPIONI.

4 — Satyrs et Bacchantes.

CARTIER.

5 — Animaux au pâturage.

CHONÉ.

6 — Fleurs. (Deux pendants.)

DECKER.

7 — Paysage orné de figures. (Le Passage du bac.)

DEZMUSART (Signé).

8 — Jeune Femme espagnole.

CARLO DOLCI (Genre de).

9 — Buste de la Vierge.

DOMINIQUIN (École du).

10 — Saint Nicolas.

DUBREUIL, 1863.

11 — Vue du Havre : l'Avant-port.

DE DREUX (D'après ALFRED).

12 — Le Repos.

EGLON VAN DER MEER.

13 — Cavaliers.

FRANCK FLORIS

84 — Judith et Holopherne.

TH. FRÈRE.

15 — Vue d'Orient.

FYTT (Genre de).

16 — Gibier mort.

GRIFF (Attribué à).

17 — Chasse au Renard.

GUERCHIN (École de).

18 — David et Goliath.

HAMILTON (Signé).

19 — Canards près d'une rivière.

HEMSKERCH.

20 — Le Bénédicité.

HUYS MANS DE MALINES.

21 — Paysage accidenté.

JORDAENS (Ecole de).

22 — Ivresse de Silène.

JOUVENET (D'après).

23 — Le Sacrifice d'Abraham. (Deux pendants.)

LAANE (Van der).

24 — L'Enfant Prodigue : Scène d'intérieur.

LAM BRECHTS.

25 — Halte de Bohémiens.

LORRAIN (Claude Gelée, dit le) d'après.

26 — Paysage arcadique.

MIREVELT.

27 — Portrait de Femme.

MIREVELT (Attribué à).

28 — Portrait d'Homme.

ORIZONTI.

29 — Paysage avec muletiers sur le premier plan.

OSTADE (D'après).

30 — Fumeurs attablés.

OTTEVAERE (Signé).

31 — Loup attaqué par des Chiens.

OTTO MARCELLIS.

32 — Fleurs, Reptiles et Coquillages. (Deux Pendants.)

PETEERS.

33 — Combat naval.

RAOUX.

34 — Portrait de jeune Femme.

RAPHAEL (D'après).

35 — La Vierge, Jésus et saint Jean.

36 — La Vierge, l'Enfant Jésus et saint Jean.

RIBERA (Signé et daté).

37 — Portrait d'un Moine.

Hauteur : 1^m,50.

Largeur : 1^m,25.

RUBENS (École de).

38 — Portrait de Femme.

39 — L'Amour tenant un flambeau.

RUBENS (D'après).

40 — Sainte Famille.

RESTOUT.

41 — Portrait.

SALVATOR (École de).

42 — Paysage.

SCHOTEL.

43 — Marine.

DU MÊME.

44 — Marine.

SEIGNAC.

45 — Jeune Garçon à sa toilette.

SNYDERS (Signé 1647).

46 — Chasse au sanglier.

TÉNIERS (D'après).

47 — Intérieur de tabagie.

TITIEN (D'après).

48 — Danaé.

VILLALPANDO (Signé).

49 — Jésus devant les instruments de la Passion.

WATTEAU (D'après).

50 — Personnages de la Comédie italienne dans un parc.

VAN DER WERF (D'après).

51 — Sainte Famille.

ZURBARAN (Signé 1632).

52 — Étude d'Agneau.

ÉCOLE ESPAGNOLE.

53 — La Vierge et l'Enfant Jésus au milieu d'une gloire d'anges.

54 — Le Christ et sainte Gertrude.

55 — Buste de sainte Rose de Viterbe.

56 — Saint Antoine de Padoue. Miniature sur vélin.

57 — Le Couronnement de la Vierge.

58 — Un Festin.

59 — Jeune Garçon préparant son déjeuner.

ÉCOLE FRANÇAISE.

60 — Sainte Martyre portant une palme.

ÉCOLE FRANÇAISE

61 — Trompe-l'œil.

62 — La Fuite en Egypte.

63 — Copie du Pouilleux, d'après Murillo.

64 — Allégorie des Saisons.

65 — Etude de Lièvre.

66 — Le Bon Samaritain.

67 — Portrait de Femme du temps de la Régence.

68 — Portrait de jeune Femme. Allégorie de l'Hiver.

69 — Jeune Femme déchiffrant un cahier de musique.

ÉCOLE GOTHIQUE ALLEMANDE.

70 — Descente de croix et Mise au tombeau. (Deux pendants.)

ÉCOLE HOLLANDAISE.

71 — Mer calme.

ÉCOLE ITALIENNE.

72 — Portrait d'Homme.

73 — Adam et Ève.

74 — La Madeleine en prière.

75 — Le Christ à la colonne.

ÉCOLE ITALIENNE

76 — Judith tenant la tête d'Holopherne.

77 — Saint en prière.

78 — Fleurs.

79 — Sujet d'histoire.

80 — Intérieur d'un corps de garde.

81 — Le Repas au camp.

82 — L'Incendie de Troie.

83 — Enlèvement d'Europe.

84 — Persée délivrant Andromède.

85 — La Vierge et l'Enfant Jésus.

86 — Hérodiade.

87 — Martyr de saint Pierre.

88 — Le Jugement de Pâris.

89 — La Piscine.

90 — Sujet biblique.

91 — Enlèvement de Déjanire.

92 — L'Assomption de la Vierge.

93 — Sujet mythologique.

ÉCOLE MODERNE.

94 — La Madeleine.

95 — L'Alchimiste.

96 — Sous ce numéro seront vendus les Tableaux non catalogués.

97 — Plusieurs lots de Bordures et Cadres dorés.

Renou et Maulde, imprimeurs de la Compagnie des Commissaires-Priseurs, rue de Rivoli, 144.   4527